KB110347

2021

03

스타다방

http://cafe.daum.net/poem-space

인쇄 | 2021년 9월 24일
발행 | 2021년 9월 27일

발 행 인 | 박용연
편집위원 | 김종태 모현숙 박상봉 박소연 서정랑 송원배 이복희
발 행 처 | 시공간
인 쇄 처 | 북랜드
06252 서울 강남구 강남대로 320, 황화빌딩 1108호
41965 대구시 중구 명륜로12길 64(남산동)
대표전화 (02)732-4574, (053)252-9114
팩시밀리 (02)734-4574, (053)252-9334
홈페이지 | www.bookland.co.kr
이 - 메일 | bookland@hanmail.net

ISBN 978-89-7787-957-7 03810

값 10,000원

스타다방

2021
03

김종태 모현숙 박상봉 박소연
박용연 서정랑 송원배 이복희

詩공간동인

머리말

詩공간은 시의 전성詩대를
꿈꾸는 동인입니다.

언덕을 덮으며 자라는 풀詩가
초록으로 짙어질 때까지

때로는 나무 뒤에 숨어
흔들리며, 몸살 앓는 숲이었어요.

벌써 세 번째 맞는 가을인가요?
투명한 햇살에 농익은 과일 같은
詩를 지어다 한 상 차렸습니다.

맛있게 읽어주신다면
가을이 더 눈부시게 행복할 거예요.

2021년 멋진 가을날

詩공간 동인

차례

박상봉

박소연

박용연

김종태
koatech7@hanmail.net

꽁지 붉은 종달새 한 마리 그려 넣기 외 8편

꽁지 붉은 종달새 한 마리 그려 넣기

허방 짚고 부러진다는 건
사랑받고 싶은 마음
그 상처의 치유법은 내 사랑이 보태져야 했다

자전거 배우다 부러진 당신의 팔
씻겨주고 먹여주고 입혀주었더니
한동안 호강 받으며 살았다 했지

그새
내 사랑이 모자랐을까?
아파트 승강기에서 급히 내리다
또 부러졌다

석고 속, 굳게 갇혀버린 팔꿈치의 상처
이 좋은 봄날,
풀잎 합창 거들지 못해 더더욱 아플 것이다

겨울바람에 꺾인 버드나무의 상처
여전히 새싹 밀어 올리는데
2% 모자라는 내 사랑

당신의 아픈 팔 흰 석고 위에
꽁지 붉은 종달새 한 마리 그려 놓는다

산 넘어가는 석양
느린 걸음 함께 손잡아 달라고
뜬구름에 팔을 내민다

생강나무와 도마뱀

생강나무
오롱조롱 연초록 이파리

황사 허공을
알몸으로 쪼이더니
허기진 도마뱀을 불러 올렸나

하늘거리는
절묘한 저 유혹

간밤에 꾼
사랑의 입술을
아침 이슬로 닦고 있다

타월의 누명

젖은 알몸 훔쳤다고
실컷 두들겨 맞았습니다

빨랫줄에 걸터앉아
내 안으로 스며든 눈물
아래로 아래로 뱉어 냅니다

티끌만큼의 탐함이 있었던 건 결코 아니지만
나도 모르는 탐함이 건조하게 숨어 있었나 봅니다

바람이 톡톡 위로를 건네주고
햇살이 슬픔을 닦아주어
나는 뽀송뽀송 가벼워졌습니다

누명 뒤집어쓸 날이야
또다시 오겠지만
날아오를 수 있는 지금은 너무 행복합니다

행복이란
가끔 누명을 덮어써야 찾아오는가 봅니다

새벽 눈길

눈길 딛는 새벽 발자국
'뽀드득뽀드득' 묻어나는 하얀 소리
우리, 참 좋은 사이인 줄 알았지

눈[雪]과 내 발바닥 사이
사랑의 깊이를 발걸음으로 재어 보았는데
반나절도 채 지나지 못해
'뽀드득' 소리 사라져 버렸다

밑창 닳은 내 발은
미끄러지는 낭패를 당했지만
부끄러움 감출 때는
낮은 자세로 엎드려야
고마움의 깊이가 보이는 것

발자국 무게를 받아 낸
눈의 깊이가
사랑의 깊이였다는 걸 떠난 후에야 알았지

〉

내 발 닿았던 그 자리
가장 먼저 뜨겁게 녹아서
물로 흐르고 있었네

봄, 길목을 서성이며

겨울 외투 벗다가
산수유나무 건드렸다
하필이면 거기가 꽃망울이었다

내 살닿은 산수유나무는
톡톡 튀며 껍질 벗는 뜨거운 양은 냄비

앞서거니 뒤서거니 한다 한들
노란 핏줄로 엮인 너와 나
속살 드러내도 부끄러울 것 하나 없는 같은 체향이다

이른 봄까지 고산골 음지에 남아있던 눈[雪]
꽃 피는 자리, 더는 머물 곳 아니라며
골골거리다 어디론가 사라졌으니

욕망 가둔 겨울을
굳은 몸, 갈증으로 지내온 나도

뜨거운 냄비 바닥에 맨발을 얹고
녹아내리는 그리움들
두 손으로 쓸어 모아
그대에게 띄울 봄 편지 하나 쓰고 싶다

사랑, 그거

식탁 위에서
포도알을 따 먹다가
아차! 그만 한 알을 떨어뜨리고 말았다

개[犬]한테 포도는 독약이라고 알고 있었으니

내 손은 칭기즈칸의 매가 되어
떨어지는 포도알을 잽싸게 낚아채는데

빤히 쳐다보고 있던 룽지가
남의 밥그릇 빼앗는 건
벌 받을 일이라며 달려들다
내 오른손 약지를 사정없이 물었다

혹시나
상처 감싼 내 손가락 보여주면
아픈 손가락 핥아줄까 싶었는데

사랑, 그거
함부로 해서는 안 된다며
못 본 척 고개 돌린다

강물을 만난다

두만강 푸른 물도
노 젓는 뱃사공도
지난 옛 얘기일 뿐

도문 강변에서
녹슨 가슴 쓸어내린 당신
비바람에 더는 날려 보낼 것 없는
세월의 한 꼭지만 붙잡고 있다

얼마나 불렀을까
아리랑 노랫가락 피를 토하고
칠백 리 강물은 한 맺힌 눈물이었네

해진 치맛자락은
때 묻은 세월만큼 야위어 가고
내 땅은 돌팔매 닿을 지척이건만
탄식으로 묶인 발목이다

우리 함께 손수건 꺼내 들고
장단 맞춰 춤추고 노래하니

강물도 서러워 출렁이며 울고 있더라

울산이 고향인 등 굽은 할머니
또 보자며 잡는 소매 끝에서
가슴골 스며드는 강물을 만난다

둘이 하나 되어

- 딸아이 시집가는 날에

여태껏 혼자서 걸어온 길
이제 둘이 하나가 되어
발 묶고 가야 하는 길

보폭 잘 맞추며
앞선 걸음 당겨주고
처진 걸음 다독이며 걸어가거라

어느 눈부신 봄날에는
들에 나가 쑥도 뜯고 냉이도 캐면서
허기지거들랑 짜장면 한 그릇 맛있게 먹고
서로의 입을 닦아주는 다정한 연인으로 살아가거라

단풍 구경하고 돌아오는 가을날에는
황금 들녘에 잠시 차를 세워두고
고개 숙인 벼들이 무슨 얘기를 나누고 있는지
다가가 감사와 겸손을 배우기도 하여라

사랑한다는 건
서로에게 스며들어 닮아가는 일

너와 나에게 필요한 사람이 되도록
행복하게 스며들고 지혜롭게 닮아가거라

남편의 아름다운 꽃으로
아내의 든든한 나무로
꽃 피우고 열매 맺어
새들이 찾아오는 행복한 숲으로
곱게 곱게 물들어가거라

푸르게 푸르게
사랑으로 울창해지거라

나무도 사람처럼

나무도 사람처럼 늙어가는구나

올여름
그렇게도 팔팔하던 범어 동산
청춘은 다 어디로 갔는지?
독거노인 몇 잎만
앙상한 가지 붙잡고 떨고 있더라

봐라,
이 핑계 저 핑계 다 들이대며
간혹 도토리 몇 알 주워가는 사람뿐
찾아오는 이들도, 전화 걸어오는 사람도
예전과 다르지 않더냐

멀어져 간 사람들 원망치 말자
가는 세월도 탓하지 말자
새로운 것은
세월이 가야 다시 돌아오는 것이다

내 젊음도
누군가의 흘러간 세월에서 시작되었음을

모현숙
22tree@hanmail.net

詩가 가출했다 외 8편

詩가 가출했다

내 詩는
어느 놈이랑 눈 맞아 정신 줄 놓았는지
코빼기도 안 보이고
내내 감감무소식이다

핸드폰의 삭제된 낯선 말
놓쳐버린 옹알이 받침들까지
반복 패턴처럼 뻔해서 지루하던 詩
그래서 밖으로만 겉돌고 들어오지 않았구나

푸념을 써서 詩라고 우기던 나는
갈수록 수척해지고 뜨끔뜨끔 결렸다
딴 맘 품고 돌아오지 않는 詩
그래도 현관 문고리 열어둔 채

낳지도 않은 詩를 안고
끙끙 앓는 詩몸살
젖몸살처럼 점점 불어 무거워진다

매미, 뻔뻔하거나 무성하거나

내 속엔 내가 넘치게 무성하다
목소리 덜어낸 자리라도 만들어
널 앉혀야겠다

뱃속 공명까지 끌어올린 내 목소리
네가 듣든 말든
세상이 시끄럽다고 비난하든 말든
앉을 자리 하나 만들 거다
한여름 내내 뻔뻔해질 거다
마음속에 널 무성하게 할 거다

네가 내게로 찾아오는 시간까지가 여름이고
내가 널 향하는 여름까지가 평생인 것을

너만 있으면
나는 무서울 게 하나도 없다

대상포진꽃

일곱 살 적 앓았던 어린 수두
기척 없이 숨어 지내다가
갱년기 신경줄 건드린다
대상포진 수두의 나이테는
꼭 일곱 살만큼 어린 숲이라야 하는데
거만해져 버렸다

일곱 살에서 훌쩍 건너뛴
오늘 이 숨찬 시간, 붉은 꽃 발진하는
내밀한 내일은 어디에 숨겨야 할까
유년의 몸 골똘히 기억해 내느라
배꼽까지 함몰시키는 붉은 꽃
피워낸다, 나는 지금
숨어 지낸 착한 일곱 살 위해
열꽃 붉게 앓는 중이다

충분히 외롭게 앓은
어린 숲 품어온, 나는
내일은 흔들리지 않는 오랜 숲 될 수 있겠다

구독하기

별별 궁금증 해결하는 유튜브 구독
쓸쓸함 녹이는 달콤 아이스크림 구독
지역 풍미 담긴 전통주 구독까지
좋다 맛있다 말 대신
좋아요 구독하기를 꼭꼭 눌러달란다
읽지 않아도 누르기만 하면 구독되는 구독하기
천연덕스럽게 저벅저벅 걸어 나와
식탁에 올라앉고 침대에서 같이 잠든다

어쩌면 사랑해요 두근거리는 말도
구독하기 누르기가 대신 고백해 줄지도 몰라

네 앞에만 서면 말문 컥컥 막히는데
네 등을 구독하고
네 목소리를 구독하면
말문 트여 잘 읽을 수 있을까
아님, 내 앞에 저벅저벅 걸어오도록
널 송두리째 구독하기 할까

닭이 울 때

발로 차야 잘 열리던 녹슨 철대문 너머
닭백숙 그릇에서 울대를 골라주시던 아부지
딸아, 닭 울대 먹으면 노래 잘한단다. 어여 먹어라
살도 없던 닭 울대 촘촘히 발라먹으면
라디오처럼 노래를 잘 뽑아낼 줄 알았다
닭 울대는 언제나
내 울대를 무심하게 지나쳤고
새벽 꼬끼오도 한 번 내지르지 않던 내게
뻑뻑한 철대문은 소리 없이 웃었다

아부지보다 더 나이 든 지금의 나는
닭 먹을 땐 닭 울대를 먼저 잡는다
살도 없는 어린 기억이
아버지 목소리를 찾아 먹는다
그때마다 아장아장 걸어 나와
목 빼고 흥얼거리는 유년의 울대

아부지가 무지하게 보고 싶다며
철대문처럼 뻑뻑한 노래를 잘도 뽑아낸다

여행 가방을 챙기다가

내 여행 가방은 눈, 코, 입 달린 잔걱정까지 챙겨 넣어 늘 욕심스럽고 무거웠다

아들에게 빌린 여행 가방 속에서 미처 숨지 못한 콘돔 3개, 가방이 마땅찮다며 급히 되돌려 주던 당황한 내 뒤통수에서 여섯 살 아들이 자박자박 걸어 나왔다

뒹구는 플라타너스 낙엽을 보고 엄마! 저 큰 잎들은 날아다니려면 무겁고 아프겠다 했다. 너는 어디서 살다가 이렇게 예쁘고 착한 아들로 엄마에게 왔니 물었더니, 벌써 여섯 살이나 되어서 잘 생각나지 않는다 했다. 여섯 살의 건망증은 가볍고 투명했다

어른이 된 아들 여행 가방 속 여섯 살의 뜀박질도 따라가지 못해 숨찬 나는, 숨찬 거리만큼 내려놓는다. 플라타너스 낙엽처럼 낡아가는 나를 이젠 작은 가방에 담아 무겁지 않게 나선다. 돌아오거나 혹은 돌아오지 않더라도 아주 가볍게 "다녀올게, 안녕!"

스며들다

꽃무늬 벽지에 가려진 누수의 얼룩
쉽게 알아차리지 못했다
탐지기로도 찾아내기 어려운 미세한 누수
벽의 염증은 그녀의 연애보다 은밀했다

날카로운 드릴로 파헤쳐진 욕실 바닥
드러난 상처는 차라리 얌전했다

욕실 바닥 촘촘한 방수막 공사
미끄럼 방지 타일 아래 단단하게 묻은
그녀의 슬픈 연애
소리 없는 맹수의 눈을 닮아간다

타일과 방수막까지 파고 들어가
다시 꽃무늬로 스며들 고요한 저 눈빛
벽을 뚫고, 심장을 꿰뚫을

커피 한 잔만 사주세요

함박눈 내리던 서울역 광장의 아침
나이보다 빨리 늙어 눈보다 가벼워진 노숙인
간밤 불면보다 더 추운 아침 허기
"너무 추운데 커피 한 잔만 사주세요"
한파보다 먼저 얼어붙는 커피 부탁
말 걸기엔 밥보다 커피가 따뜻했을까

늙은 노숙인의 허기 앞에 다가온 중년 남자
벗어주는 두꺼운 점퍼커피 한 잔
끼워주는 따뜻한 장갑커피 한 잔
쥐여주는 고마운 지폐커피 한 잔
등 다독이는 위로커피 한 잔까지 건네곤
출근길 인파 속 눈사람으로 스며들자

서울역 광장 신난 함박눈들
눈커피 한 잔으로 펑펑 내리고
사람커피 대접받은 한겨울
등 따시고, 배부르다

〈2021.1.18. 한겨레 신문에서 한 시민이 "커피 한 잔" 부탁한
노숙인에게 점퍼, 장갑, 현금까지 건넨 기사를 보고〉

길을 놓쳐 분분한

품고 살아가는 습성을 타고나지 못했을 뿐
귀찮아서 남의 둥지에 버린 건 아니라며
온 산 미안한 울음 새겨 넣는 뻐꾸기
붉은머리오목눈이 둥지 곁 서성거리며
탁란의 슬픔 목놓아 반성할 때

뻐꾸기의 몹쓸 습성쯤은
그만 용서해 주고 싶은 너그러워지는 봄
겨울을 혼자 건너온 봄이 활짝 부화되고
적막했던 강변에도 사람꽃 다정하게 피어나는

온 산
온 둥지
뻐꾸기 울음으로 부화된 어린 봄
봄꽃도 사람꽃도 자꾸만 길을 놓쳐
분 . 분 . 하 . 다 .

박상봉
psbbong@hanmail.net

달밤 외 8편

달밤

책상 아래 달밤이 쪼그리고 있다

바람이 창문 열고 들어와 의자에 앉아 쉴 때

먼저 당도한 달밤이 방바닥을 긁어대고

책상 밑으로는 켜켜이 쌓인 달의 눈동자

직립한 시계 바늘이 벽면을 둥글게 더듬고 있다

고요가 달의 목덜미를 어루만지는 밤이다

우주의 자궁에서 푸른별 잉태하는 시간

시인

사랑이 떠나간 뒤에도 떠난 사람 잊지 못해
한 마리 티티새처럼 외로이 울고 있는 사람
해 지면 밤하늘에 별빛으로 떠오르는 사람
겨울 오면 마른 땅에 눈발로 내려오는 사람
세상이 잠들어 고요한 밤 홀로 깨어
촛불 하나 밝히고 새벽을 기다리는 사람
용기 잃은 이의 가슴에 희망의 꽃씨 심어주는 사람
마음 닫힌 이의 가슴에 사랑의 단추 열어주는 사람
나무를 보면 그 자리에 서서 한 그루 나무가 되는 사람
바위를 보면 그 자리에 서서 한 덩이 바위가 되는 사람

나, 등 뒤에 그림자

나, 등 뒤에 그림자로 누워
나, 음지식물과 말 나누는 동안

떠오르는 생각 묶어두지 못하고
방 안에 풀어놓은 물감 천장으로 기어 올라가
지난날을 채색하는 것 보았다

나, 등 뒤에 그림자 지워질 때까지
나, 말미잘 같은 꿈속 둥근 집 짓고
음악책을 덮고 노래 불렀다

연필로그린바다와섬사이갖은색물방울서로만나펼쳐보이는나라
물의침대로가라앉는바다그바다밀물에텀벼드는유월의꽃들

나, 둥근 집 짓고 또 무너뜨리며
나, 8분음표로 반 박자 빠르게 생을 등분하다가

세월의 편각偏角마다 떠오르는 일곱 빛깔 무지개를
보았다

물방울 무리 지어 천장으로 상승하고
사방 벽지에 신열 뒤의 반점 같은 흑점이 돋아났다

어두워지기 전

어두워지기 전에 가리라
녹슨 체인을 끌고 가던
자전거가 버려져 있는 폭풍 속
매몰된 길을 넘어가리라

습진 같은 어둠이 낮의 매복을 풀고
쳐들어올 때
어디론가 가야 할, 내가 가야 할
그곳을 찾아가리라

우울한 시절의 복도를 지나
붉은 마을의 적막함처럼 깊이 잠든
풀잎의 내면을 흔들고 가리라

어두워지기 전에 가리라
갈 길 잃어 불안한 꿈들이
혈관 깊이 숨겨두었던 비수를
꺼내어 들고 찾아가는 곳

울울한 침엽수림에 갇힌 영혼이
산에서 뛰어 내려와 뗏목을 타는
저기, 굽이쳐 흐르는 물의 나라로

현대시작법

시는 나무와 같고 시인은 목수와 같다
목수가 대패질하듯, 가늘고 얇게 깎아 낸
나무 속살로 집 짓는 일같이 해야 한다
대패로 나무 기저귀 벗겨내듯 써야 한다

시 짓는 것은 깍지 버리고 알맹이만 가려내는 일
투박한 언어의 송판 깎아 참한 시집 한 채 지으려면
일만 시간 대팻날 세우는 데 몰두해야 한다

시 쓸 때는
운동장에서 공 치고 뛰노는 것같이 해서는
힘은 힘대로 들고 시는 시대로 안 되는 법

열 손가락 어긋매끼게 맞추어 잡고
시안의 날 세워 자판으로 깊이 들어가야 한다

시 쓴다고 용쓰지 말고 시하고 놀 줄 알아야
시를 사는 시인
거치른 산등성이 참꽃으로 물들일 수 있지

은행나무 노랗게 물들기 시작하던 그 무렵

은행나무 노랗게 물들기 시작하던 그 무렵
아내는 먹지 못해 노랗게 뜬 얼굴을
나뭇잎 속에 몰래 감추고 행상을 나갔다

우리 집 하나 갖기 위해서라고 말하지만
날마다 조금씩 아내 밥그릇이
작아지는 이유를 나는 알지 못했다

비 오는 날 저녁엔
소화불량이야 혹은 입덧하나 봐
하고 웃어 보이는 빈혈의 아내 얼굴 바라보다가
책상 위에 쓰러지는 책들을 찢으며 울었다

내 눈물 하나가
말없이 돌아앉는 아내 등 뒤에
아프게 박히는 못이 되고 있음을
알지 못한 채

그날 저녁의 가난은 쉬 저물고

나는 비겁한 책들을 옆에 끼고 도서관으로 향하고

은행나무 노랗게 물들기 시작하던 그 무렵
아내는 먹지 못해서 노랗게 뜬 얼굴을
나뭇잎 속에 몰래 감추고 행상을 나갔다

칭찬은 고래를 춤추게 한다*

회사 일이라는 것이 뭐 하나 제대로 하는 일 없어도
마음만 잔뜩 바빠지고 쉽게 피로해져서

밤 늦게 퇴근해 집에 돌아오면
그냥 방바닥에 드러눕고 싶어진다

그래도 아내의 잔소리 듣지 않으려고
손발 서둘러 깨끗이 닦고

속옷 양말 빨래통에 잘 챙겨 넣고 나면
가만 다가와 가슴이나 등에 손가락으로
동그라미 그려주는 아내

가끔 욕실에서 나오다가 맨몸으로 마주치면
내 거시기에 동그라미 치는 아내의 야윈 손가락

미약한 칭찬에 기뻐 일어서는
나의 거시기가 힘자랑 한판 하려고
치맛자락 붙들고 매달리면

〉

초등학교 다닐 때 '참 잘했어요'
도장 찍어주던 여선생님 같은 얼굴로
맨살의 등에 동그라미만 자꾸 그려대는 아내

칭찬은 고래를 춤추게 한다
잘 자란 고래 밤새도록 일어나 춤추게 한다

*켄 블랜차드의 저서에서 빌려옴.

아버지 소나무

동산병원 75병동 복도 끝 방으로 이사 들어오신 아버지
종일 나쁜 꿈만 꾼다

어디론가 가야 할 배 떠나려고 하는데
아무도 같이 타지 않는다고 응석이다

너거, 장인어른 머 하노? 배 안 타려나?
어눌한 말 황록색 끈적한 담痰 섞어 뱉은 기침 토하시는 아버지
꿈속으로 발 없는 군화가 돌아다닌다

중복 지나 폭염경보 내려진 여름 한낮
식도 점막에 붙은 암 덩어리 제거하는 수술대가 단두대 같다

갑갑한 엘리베이터 찜통에 갇혀 분통 터뜨리다가
병원 바깥에 나가 서성거리며 흡연에 젖었다가
방으로 돌아오니 끔찍하다 천사와 악마의 혼숙

창을 흔들며 바람이 길게 현음玄音으로 울고

저녁보다 먼저 어두워진 아버지
밤바다를 기항寄港 없이 떠도는 배 같다

이제 아버지 없다 홀홀단신 병원을 빠져나온
소나무 한 그루 빈 들을 지키고 서 있을 뿐이다

바람의 몸무게 이기지 못하고 휘어져 구부러진 등짝이
아버지 뒷모습 같다

봄날의 그리움

그리움이란 척추관협착증 수술 자리 같다

멀리 떠나와 완치된 줄 알았는데
여전히 아프고 저린 뼈, 잔인한 봄날의 오십견이다

사춘기 앓는 어린 새처럼 너에게 안기고 싶은 마음
막데부르크*의 낙뢰처럼 온몸 관절 들쑤셔놓는다

이른 새벽 개똥지빠귀가 후드득 깃을 털며
집 떠났다 돌아오듯
너를 향한 마음 감출 수 없어 미련으로 사는 세월

갈 바 몰라 헤매는 통속을 말없이 지켜보던 너,
너의 웃음은 봄날의 햇살보다 더 환했다

구로동 아파트형공장 담장 곁, 분홍과 연두 사이
그리움에 나뭇가지 얹어 지은 집 속에는
너 대신 누가 어린 콩새처럼 잠들어 있을까

구들 밑에는 뱀이 똬리 틀고 앉았는지도 몰라

* 막데부르크Magdeburg : 독일 작센안할트 주의 주도이며
엘베강 언저리에 위치하고 있다.

박소연
spdhqlf@hanmail.net

직장에서 살아남기 외 8편

직장에서 살아남기

집 나서기 전 가면을 골라 쓴다
사람들은 가면무도회를 즐기지

송곳니 가린 해맑은 웃음, 물리지 않게 조심

단 한 번 민낯 드러낸 적이 있어요
눈물범벅 된 채, 그럴 수 있다며 토닥이던 손이
친구 어깨 너머에서 미소 짓는 자기 입꼬리를 가려요
웃을 때는 소리 내 웃어야죠 꼬리만 올리지 말고
아 참, 가면 쓰고는 그렇게 못 하죠

집으로 돌아와서야
가면 속 얼굴 드러낸 여자
눈, 코, 입이 삐뚤어졌다.

스크래치 기법

표정을 지워버린 얼굴
화려한 치장과 가면 내려놓은 지금
나는 어둡게 깨끗하다

꽃이었던 기억 검게 칠하고
송곳으로 그림을 그린다
몸의 화폭에 긋는 선 따라 내리는 비
생채기 따라 흐른다, 토닥인다

시커멓게 그을린 시간 위를 스치는 송곳
그 날렵한 손길에 딱정이 투둑 떨어지고
웅크렸던 새살에 화색이 돈다.

보푸라기를 매만지다

하얀 국화 가운데 그녀가 앉았다
삶의 굴곡 옮겨놓은 주름진 얼굴
마지막 화장은 곱다는 상주의 젖은 말에
앉은 자리 툴툴 털어내듯
저곳에서 남은 꼬임 풀어내는지
사진 속 그녀 얼굴이 가볍다

문상 마친 손이 맞은편 문을 연다
툭하면 보푸라기 일던 시간
엉킨 실타래 가득한 그곳, 나의 풍장 터

심장 파먹힌 사람들이 또 다른 먹잇감 찾아 헤매는 도심에서
새처럼 팔딱이는 가슴 위로 날리는 검댕이, 꽉 낀 팔짱
움켜쥔 손을 긴 혓바닥으로 핥고 지나는 바람
결 따라 엉킨 타래가 꼼지락거린다

이 하루는 가볍게 날 수 있겠다.

뿌리

영화관에서 만난 김지영, 그녀는 82년생 나는 67년생
암전에 익숙해질 무렵 82년생은 글썽였고 나는 울었고
곁의 남자는 자꾸 고쳐 앉으며 머리 긁적인다

첫딸은 살림 밑천, 이렇게 접붙이나
실업고 입학원서 쥐여주는 손 뿌리칠 수 없었던
그날이 겅중겅중 건너와 어깨 툭 친다

아들의 곁가지로 살아야 했던 축축함이
뿌리에서 밀고 올라온다
꾸덕한 손바닥으로 매만지는 결, 옹이다

숲 지나던 바람이 진물 말려주며
"엄마들이 길 터줘서 훨씬 수월했지?" 하고
82년생에게 묻자
"완만하다고 산이 아닌 건 아니야"라고 답한다

암팡지게 흙 뚫고 몸피 키웠지만
땅속은 항상 눅눅하고 추웠다는 걸
잠시 잊었다.

한 끗, 비 오는 날

하늘이 쿵쾅대며 젖은 말을 쏟아내는 날
아이와 함께 우산 아래로 숨어들었다
그 속에서도 다섯 살 계집애는
"엄마 빗방울이 춤춰요" 하며 팔딱인다

다섯 살배기 발장단에
엉켜 드러누웠던 기름띠 몸 일으키며
다시 앉은 자리가 동글동글

동그란 눈동자가 찾아낸 리듬과 춤
꼭 찔렸던 상처에서도 동글 동글 동글

찢긴 아스콘 바닥에서 동동 떠오르는 무지개.

방티산,* 고분을 품다

아이를 묻고 맨발인 채 고분 사이를 밟았다
몸을 곧추세운 흙이 낯설다, 생경한 걸음

날카롭던 초승달 둥글게 차오르고
비워내는 날 거듭하면 어둠에 잠길까
방티같이 불룩하던 배

어머니의 어머니가 품었던 씨앗을
나도 품었었지, 둥글게
다 채우지 못하고 쏟아 버리기 전까진

기억을 되짚으며 다시 걷는다
몸을 맡기는 흙의 정겨움, 부드럽다
시간이 토닥여 함지박 해진 산이
고분에 초록 옷 입히며 웃는다

내게도 초록 불이 번진다.

* 방티산 : 생김새가 함지박을 엎어 놓은 것과 흡사하여 "함지산" 또는 "방티산"이라 부른다.

〈제2회 팔거 백일장 수상작〉

백 미터 미인

멀리 보이는 나무들 사이 유독 눈에 띄는 한 그루
구애라도 하듯 주홍빛 꽃다발 들고 서 있다

정원사가 매일 어루만진
부잣집 정원수 옮겨놓은 듯 멀끔한 자태
오가며 걸음 멈추고 한참 동안 넋 놓았다

시간에 등 떠밀려 넘어지기 일쑤인 나
부러움에 슬며시 다가서니
아뿔싸
강대나무 휘감아 오른 능소화 아닌가

선 채로 귀신이 된 몸을
제 것인 양 부렸던 게다

바닥으로 툭 떨구는 주홍빛 애도
멋쩍다

꼬리 물기

평상에 누워 바라보는 하늘
파아란 연못이다

연못 속 끊임없이 던져넣는 낚싯대
미늘에 꽂은 단어, 물어라 꼬리
잘 물고 늘어지면 대어 한 마리 낚을 수도

머리는 꼬리 쫓고 꼬리는 머리 쫓고
미늘에 꽂힌 꼬리가 건너편 연못 넘보더니
머리 물려고 달려들고 있다

연거푸 돌기 시작하는 꼬리에 꼬리 물기

마당 한편에선
개가 제 꼬리 물려고 돈다
달리는 꼬리만큼 더 쫓아가는 머리
제 것인 줄도 모르고,

조립식 집을 이고 트럭이 달린다

한낮 아스팔트 위, 집이 느릿느릿 달린다
쪽창 세 개 내놓은 집을 등에 지고
코너 돌 때마다 휘청이지만 자빠지진 않으려
정체성도 버리고 찬찬히 찬찬히

지나온 길, 삐끗하면 쪽창들이 어그러질까
스키드 마크 남지 않게 점액질의 길 만들어
비탈길 오르내렸을 것이다

싸구려 기름으로 헛배 불려 시커먼 방귀 마구 뀌어대지만
등짝에 얹힌 집이 바람과 햇살에 꾸덕꾸덕 아물리게
모든 촉수 세우는 그의 生은 달팽이 같다

박용연
pyy00577@daum.net

아부 외 8편

아부

검은 레깅스 차림의 아가씨
탱탱한 힙에서 다리의 곡선까지
내 눈에 쫙 달라붙는 순간
반사적으로 터져 나온
"기똥차다"란 말
뱉어놓고 실소失笑하는데
우심방 좌심실에서
내 귀에 바짝 대고 하는 말
형님, 아직 살아있다는 거 아입니꺼!

꼬마 유성

어린이집에 동생을 데려주고
학교를 가던
초등학교 이학년 아이가
차에 치였다

작은 별 하나 어둠이 데려갔다

먼 곳의 아이야
그곳, 산 설고 물 설어도
등 너머 엄마별 불 밝히고 있으니
다시 엄마를 만나거든
그땐, 곁에 꼭 붙어
떨어지지 말거라

청개구리 설법

안개 자욱한 시월의 낙동강

뽀글뽀글 잠 뒤척이는
새벽 강둑 걷는데

추락 방지용 쇠파이프 위
청개구리 예불 중이다

안갯속을 걷는 내가
마음 비우러 온 것을
먼저 알아차린 청개구리

흠뻑 젖은 몸 틀어
다시 합장의 자세다

마주한 서로의 눈높이에서
이승과 저승의 경계 없어야 한다는
청개구리의 설법

나는 엉기주춤 '아미타불'의 예를 올리고

아버지의 등

막차 끊긴 버스정류장
아버지는 일곱 살 내 손을 잡고
어두워도 가야 하는 고향 길을 걸으신다

걸으며 들려주시던 두런두런한 말씀
숲 너머 어둑한 곳에서 들려오고
하나 둘, 초롱 밝히던 마을 앞
길섶까지 따라 나온 풀무치 소리
아버지의 뒤축에서 들려오고 있다

얼마쯤 걸었을까
이따금 새소리 들려오는 산 능선 위로
달 둥글게 떠오를 때
나를 업고 가시던 아버지

돌고 돌아온 생의 후미
두어 마장 남겨둔 여기까지
잘 버티어 왔다며, 오냐오냐
다시, 등 내어주시는 그날의 아버지

일몰 속으로

어둠이 밤안개처럼 내려앉자
산은 먹으로
하늘과 닿은 능선의 경계를 긋는다

산 아래 도시는
서서히 어둠에 잠식되어 가고
지던 해의 자락이
키 높은 아파트 이마에
비스듬히 황금 빛깔로 걸렸다

조금 남은 해의 자락에서
하루를 마무리하시던
어머니의 모습이 당겨온다

그제서야, 놀다 들어온 여섯 살 터울
남동생의 얼굴을 어머니는
우물가에서 뽀득뽀득 씻겨주고 계신다

이미 어두워진 옆 동 낮은 아파트
이른 잠자리에라도 든 것일까

〉

동생보다 먼저 얼굴을 씻고
잠든 척이라도 해야
어머니께서 좋아하신다는 것을
키 낮은 아파트는 알고 있었던 것이다

스타다방

많고 많은 사람 중에
산골 의성에서 태어난 나와
물 굽이 도는 합천에서 태어난 당신과
서로 만나 산다는 게 참, 희한하지

아카시아 향기롭던 날
원두막에 팔 베고 누워
바라보던 별과
반딧불이 쫓던 물가에서
당신이 바라보던 그 날의 별은
같은 별이었겠다

너무 밝지도 어둡지도 않은
초롱초롱한 별의 품속까지
함께 찾아들던
그날의 소년과 소녀를
기억하고 있던 저 별이
우리, 그곳에서 반짝이게 하였던 거지

기포

잠 속에서 가슴 아려 온다

빛바랜 세월 건너편에서 그려지는 기억 하나

클레멘타인을 즐겨 부르던
스물다섯 그녀는
지금 어느 하늘 아래
나처럼 늙어가고 있겠지만*
찬바람 몰아치던 그 날처럼
매몰차게 하지 않았다 한들
이제 와서 어쩌겠다는 건가

떠나 보낸
그날의 포말이
엇박자 난 내 심장 내벽에
꺼지지 않은 기포로 남았나 보다

*최백호 '낭만에 대하여' 가사 차용

‘애’를 찾습니다

내 가슴에는 태우던 ‘애’가 있다

고3 때 일이다. 졸업을 앞두고 서울 구경 겸
친척집에 간 적 있었는데, 어렴풋이 기억나는 그곳

영등포역 철길 건너, 맥주병이 수북 쌓여 있는 공장 담을 따라 들어간 얼마간의 골목 안, 마당 가운데 우물 있는 한옥에 고2 정도의 주인집 딸 ‘옥’이라는 학생이 있었다 그때만 해도 서울은 막연한 동경의 대상이 되던 때라 그 여학생 또한, 지방에서 온 여드름 있는 내가 궁금했던 것인지 자주 책 읽는 자세로 창가에 어른거리곤 했다 그렇게 그 여학생과 한 달 가까이 한집에 있을 때 대구로 내려간 뒤 펜팔 할 수 없겠냐고 꼬깃꼬깃 심중의 말 건네고 싶었어도 숫기 없는 내 성격 탓에, 끝내 말 한마디 건네지 못하고 집으로 돌아오고 말았던 것이다

그 여학생과 마주한 창가에서
히얗게 대우딘 그닐의 ‘애’가

나도 모르게 녹아내렸나 보다

흙 속에 오래 묻혀 있어도
반짝이는 그것
이제 와서 ‘애’ 찾긴 찾을 수 있을까요

등신불

불상 모습을 한 대봉감을 본다

연육질 속에 박혀있는 검은 씨

고행을 다한 스님의 모습이다

자신을 태워 주변을 밝힌

불상 속의 불상이다

서정랑
jrseo119@hanmail.net

얼굴반찬 외 8편

얼굴반찬

오늘, 식탁이 식상하죠?
제철 요리 차려냈지만 별 반찬은 별에 있나 봐요

행복하자
막연한 내일이 밑반찬으로 깔리고
입맛 잃은 혀가 닿지 않아요

곰곰 생각해봐요
맛깔난 맛집 밍밍하잖아요

지금, 내게 와 준 당신
미뤄둔 말들 파편 튀듯 별로 흩어지고
당신 얼굴, 최고의 성찬 아닌가요

당신은 맛있었나요?

구지우체국이 읽은 시

시집입니까?
아무도 읽어주지 않는 시를 엮었습니다

볼 수 있을까요?

동인지 부치러 간 우체국
트렁크에 실린 시집 한 권 내밀며 돌아섰다

단풍잎 뚝 뚝 떨어져 우체통 붉은 날
소포 상자 들고 갔다

시 잘 읽은 값이라며
발송비 굳이 사양한다

냄비 받침대 되든 말든
굳이 쓸 수밖에 없었던 시

구지우체국*이 읽었다

* 구지우체국: 대구광역시 달성군 구지면 소재

오리 오빠

공장 사장님 별명은 오리
발놀림 부단한 시간이 쌓여
부품 대신 노승의 사리 생산했다

사장실 카펫 아래 깔린 미세한 슬픔
폴폴 날려 내 목에 걸려 간지러웠다

식구 먹여 살리려 발버둥 쳤던 시간
갈퀴 쉴 새 없이 움직였겠지

나는 보지 못했다, 못 본 척 했다

오늘, 폐업하고 돌아서서 걸어가는 오리
궁둥이가 활짝 뒤뚱거린다

뒷모습 따라 사과꽃 전등 하나씩 켜지고
오리의 사리 꽃등마다 총총 걸렸다

몰래 하던 발길질 멈춘 내일은
내 이기 하얗게 웃겠지, 내가 사랑한 오리

그냥 흔들려 주면 될걸

봄밤이 꿈틀거렸나 보다, 느닷없이
5층 베란다 난간을 오랜 벗이 넘었다
곳곳에 새싹 돋아나려는 찰나
몸 따끔거림을 참지 못하고 친구는 갔다
차가운 땅에 친구를 묻은 검은 복장의 사람들
넥타이 풀고 국밥 한 그릇 비우고
산 자의 특권인 양 이빨을 쑤신다
겨울 동안 구덩이에 파묻어 둔 우울증에게
몸을 공격당한 그 친구, 어쩌면
봄은 영영 오지 않아도 될 연인 아니었을까
이젠 내가 가렵다, 몸 구석구석
몰래 감추고 평생 갈 것들인 들꽃
해마다 5월이 오면 말없이 피는 그들처럼
그냥 흔들려 주면 될걸
입으로 내뱉지 못할 숙명이 뭐라고
너의 발 베란다 난간을 타고 올랐단 말인가?
피멍 자국은 살아있음의 자리
피가 나도록 견디며 긁는 자리 또 긁는
등 붉은 개미 떼가 집으로 간다

섬

주름진 손, 예쁘게 올라앉은 손톱을 본다. 딸아이가 해 준 손톱 네일아트. 숨 막히는 빨간 매니큐어, 한 주일이 지나자 손톱 반달에서 조금 멀어져간 내일, 또 한 주일이 지나자 더 멀어져간 아이, 손가락 살점 뜯기고 갈라지면서 내일은 거리를 넓혔고 내 아이는 내일보다 먼저 자랐다. 멀어진다는 것은 자란다는 것, 가까이 있을 때 예쁜 만큼 숨 막혔었지, 멀어져 올라앉은 속상한 매니큐어

내일이 된 섬

침대도 늙어가는가

코스모스 몸매 되찾아볼까
걷고 또 걷는다

뱃살 좀 깎아 낼 수 있을까
바람결에 허물 벗고 눕는다

전시 침대 새로 사 온 날
가성비 자랑하느라 사진 찍어 퍼 날랐는데

돌아누울 때마다 찌그럭거리는 소리
몸뚱이 서서히 고장 나는 소리

뼛속 비명이 나사 풀린 프레임 소리란 걸
발견한 저녁, 무릎 살살 만져준다

느슨해진 몸 나사 바람이 다시 조여
코스모스 아가씨 침대에서 걸어 나오고

되지빠귀 울음소리에 가벼워진 침대
이제의 네기 잠에서 깬다

누가 보도블록을 벌려 놓았을까

한 해 막바지
마로니에 잎 툭툭 제 몸 놓아버리는데
가정법원 보도블록 틈새
하이힐 굽 잡혔네

지옥 같은 날을 선물해서
미.
안.
해.

은행나무 속내

안다고 하지 마세요, 당신이
나를 안다고 하면
나는 나를 모른다고 할 수 없잖아요

노란 철갑 옷 입고 선 은행나무야
짙은 녹이 쌓일 때까지
성큼 더 다가오지 마세요

썩은 옹이 내 귀에 대고
당신 굼벵이 사랑 애태우지 마세요

그렇게 속삭이면 내 안의 다른 그대
맴맴 매미 깃들지 몰라요

뒤엉겨 시끄러우면, 은행나무 내 안에
또 다른 은행나무 자라납니다

감히 안다고 하지 마세요,
내 귓속 흔들어 속내 들키면
노랗게 썩어 문드러져 내려요

오르막 식당

오르막에 있다
조립식 패널 식당

연탄불에 타들어 가는 고추장 양념 냄새
원형 철판 빈 식탁 찾아
앉고 보니 플라스틱 의자였다

주문 없어도 알아서 척척
숨 돌리기 바쁜 것 아는 종업원
닿지 않는 등 시원하게 긁어줄
기본 반찬과 차가운 소주 한 병, 손님 수에 맞춘 술잔
초고속 배달되고

휘 둘러보면 대형 연탄 화덕에서
고추장 불고기 초벌구이 바쁘고
사장님 눈빛과 몸놀림이 예사롭지 않은
급수 없는 프로다

불고기 석쇠 한판 날라 오면
뜨거운 연탄에서 익어가는 하루의 애환

굴뚝 같은 목구멍으로 넘어가고
뒤따라 미끄러지는 소주와 물김치
비탈의 내장이 시원해졌다

올라도 더 오르지 않는 오르막 식당
미끄러져 내려갈 길은
싼값이라 홀가분하겠다

송원배
song5131510@naver.com

둥글게 말아 숨긴 여름 외 8편

둥글게 말아 숨긴 여름

매미 울음소리 플라타너스
등껍질 툭 건드리면
여름은 마지막 멀미 토해내며
뒷등을 비빈다
벌거벗은 것은 요염하고
유희의 시간은 짧기에
뜨겁게 밀착할수록 쉽게 안착한다
지난여름 모기가 남긴 상처의
딱지는 아물지 않은 채
플라타너스 커다란 나뭇잎
둥글게 말아 숨겼다
애인은 떠나가 버렸고
매미 거푸집은 충전과 방전을 거듭하며
점점 화석이 되어간다
안착하기를 바라지만
너무 짧았던 지난여름

꽃할배

어린 손녀가 밥을 맛있게 먹는다
젓가락질 제법이다

밥은 오른손으로 먹어야 한다는
할아버지 꾸중에도 손녀
- 왼손으로 먹는 밥이 더 맛있어요

고소한 들기름 바른 양반김 올리며
며느리가 슬쩍 끼어든다
- 아버님도 왼손잡이라서 기억력이 좋으신가 봐요

썰렁하게 마른 밥상
소리 없는 할아버지 입꼬리 미소
손녀 왼손이 당당해진다

밥풀떼기 구수해지더니
밥상머리 꽃이 된 할배

산마루 숨은 예쁜 부처님

철이 없던 산속

벤치 위 얌전하게 놓여있는
분홍 장갑에 꽃무늬 양말

누가 두고 갔을까

바람 소리에 실려 오던 염불 소리
기울어진 아픔을 벗어 둔 채

그 여자는 다시 올까
산마루 구름에 숨거나
가끔은 돌아보지 않을 때

꽃무늬 양말 신은 예쁜 부처님
분홍 장갑에 합장하면
산사의 아침이 가엾어 웃겠다

닮은 발걸음

밭두렁에 핀 호박꽃
호박벌 꽃 잔치 열렸다
지아비로 저만큼 앞서고
지어미로 그 길 말없이 따를 때
허공을 차고 오르는 어린 새끼의 날갯짓
환해지는 온 들녘, 모두 꽃이다

담을 수 없는 향기는
머물 수 없는 바람처럼 맴돌다
소리 없이 피워낸 고마운 옆지기 꽃
발걸음이 닮았다
걷는 길 닳아져도 외롭지 않겠다

육십 마디, 늙어가는 달달함
포오옥 익은 사랑, 진하다

도시 비둘기

길을 쫓다가 도시를 만난 비둘기

푸른 지붕을 얹은 공장지대
기계 소음 속 굳센 심줄은
도시의 동맥처럼 퍼져나간다

아파트 즐비한 중간지대엔
이웃사촌 장미 담장을 두르며
노랑 파랑 빨강 제각각 모여 산다
다운타운의 화려한 조명 아래
길바닥에 나뒹구는 누나의 전단지
구겨졌어도 해맑게 웃고 있다
취객들이 토해 놓은 간밤의 영웅담
걸음도 춤을 춘다
길을 잇는 광장
외발로 선 비둘기는 위태롭다

경계를 넘고자 몸부림친 길은 회색이다

목장갑 피다

시골집 마당 회양목 위
목장갑 꽃 환하게 피었다

한 번 쓰고 버리는 목장갑

하얗게 빨아 널어놓으니
회양목 가지에 다섯 손가락 꽃잎 활짝 피었다

집게손가락 뚫린 구멍엔
먼저 닿은 새봄이
따뜻한 잇몸을 드러내고

빈집 지키는 목장갑 곁에
아카시아 꿀벌들 윙윙거리는데

봄 캐러 마실 나간 엄마
언제 오실꼬

임대의 뒤통수

공과금 고지서는 빛바랜 신문과 함께
빈 점포를 지키고 섰다
새하얀 독촉장이 노랗게 물드는 봄날
점포임대는 바닥에 엎드린다
쌓이는 우편물은 감정이 없다

점포임대, 권리금 없음
보증금 월세를 얹지 못한 미안함에
현장을 감식하는 봄비
손잡이 먼지를 걷어내고
급하게 빠져나간 아픔이 선명하다

일수 안내 전단지 방석으로
길바닥 임대한 노점 할머니
쑥, 냉이, 부추를 누런 신문지에 둘둘 말아
다 낡은 세상 인심을 팔고 있어도
봄비의 뒤통수는 보이지 않는다

새털 붕어빵

새털처럼 가볍던 꽃잎
방송 뉴스에 떨어진다

카드 정지되었다는 문자 안내
슬픈 배고픔이 모닥불을 쪼이고
붕어는 놀란 입 차마 다물 수 없다

복숭아꽃 필 때까지만
장사하겠다던 붕어빵 노점상
슬쩍 한 마리 더 건넨다

밀가루 반죽통 놓인 신문기사
신종 바이러스에 실직 증가
어둠이 붕어빵을 데리고
저벅저벅 저만치 걸어간다

그대라는 봄

그대만 생각하며 기다려요
가슴에 살얼음 쩍쩍 얼어붙어야
그대라는 봄이 와요

나 문득
화르르 피고 있어요

봄 햇살 무엇부터 할까요
하얀 빨래 뽀송뽀송한 촉감은
따뜻한 잠결에 잡아본 그댈 닮았어요

전화하면 마음이 심쿵할까요
만나자 하면 화들짝 복사꽃
붉은 입술이 파르르

간밤에 내려앉은 꽃잎
그대가 떠날까 아팠어요
시치미 떼고 바라보는 먼 산
바람 불고 새 잎 나거든
나는 또 그대에게
수작을 부리고 싶어질 거예요

이복희
boghee0320@hanmail.net

바람論 외 8편

바람論

난봉꾼 바람 때문에 꽃 핀 라일락
말초신경까지 불안하다

잠잠하다 싶어 까무룩 잠들라치면
꺼졌다가 되살아나기를 반복
밤새 뜨거운 혀를 들이미는 바람

바람의 길은 수십만 갈래
초점 잃은 라일락 두 눈을 감겨 주고는
유유자적 휘돌아 가버리는 바람

라일락 향기를 훔쳤다고
그가 퍼트린 소문은 얼마 뒤 발각될 헛소문

한 몸처럼 붙어줄 줄 알았던 바람 너는
잠자고 있는 라일락의 바람기만 건드려 놓고
파밭 너머로 시치미 뚝 떼고
숨소리 고르며 숨어버리고 말았구나

꽃향기는 바람의 진원지 찾아 헤매다가

세 번째 편의점 모퉁이 돌아 두 시 방향으로 들어섰는데
녹슨 푸른 철 대문 앞에서 문을 열지 못했다

산 너머 어느 마을 배롱나무
난데없이 화장이 진해졌다면
꼭 좀 연락 주시길

박카스 한 병

벤치에 혼자 앉아 있는 박카스 한 병
가까이 가보니 속을 비웠구나
웬만한 바람에도 흔들림이 없다

지친 누군가에게 버팀이 되었을
용각산, 안티푸라민, 노루모산과 함께
할머니의 만병통치약 반열에 오른 묘약
탑골공원 노인들에게도 힘이 되었을 박카스

초등학교 운동회 날,
할머니 허리춤에 감춘 노란 색깔 그것
남들 보기 전에 몰래 손녀딸 입으로 들이밀던
백 미터 달리기 일등으로 골인시킨 그 박카스 한 병

병문안 다녀간 뒤
알게 모르게 혈색 돌게 한 노란 오줌물 같은
집 안 뜰 어딘가 굴러다닐 빈 박카스 병

아버지가 들이켜고 난 병을 단물처럼 쪽쪽 빨아대던
시큼해서 살갗 오스스 소름 돋아나게 한

카페인 한계치를 알려준 바쿠스*

그 한 병의 내공이
부처처럼 가부좌 틀고 앉아 있다

* 그리스 신화에 나오는 술의 신

달, 분양

전깃줄에 걸린 달을 바라보다
우주판 봉이 김선달이 떠올랐다

천이백 평 달 땅을 사는 데 단돈 이만 원
터무니없는 소문에 한참 달을 올려 보다가
평생 발 디뎌 볼 수도 없는 곳
투자할까 말까 고민하는
자본주의 투기에 길들여진 나를 본다

이만 원어치 축구장만 한 달 귀퉁이
껑충 뛰어올라 그 이상의 무엇이 된다면
울 조상님은 어찌 달 한 귀퉁이도 사놓지 않을까?
후손들의 핀잔 듣지 않을까
말도 안 되는 생각에 빠져 실실 흘리는 웃음

달나라 수도가 어디쯤 들어설지
우리나라 대사관은 언제쯤 들어설지
궁금의 꼬리가 꼬리 물고 달무리까지 닿는다

〉

발 닿지 않은 땅에 미리 가 있는 내 꿈
누군가 낚아채기라도 할까 봐
달을 분양한다는 데니스 호프를 검색하다가
문득, 저 달 속 계수나무와 옥토끼는 어떻게 쫓아내지?

잔머리 굴리며 달뜬 마음, 이미 달에 가 있다

먼지 전쟁

먼지의 내공은 내려앉기로 시작된다

커튼 사이로 쏟아지는 햇살에 들켰다
벌레들, 고물고물 형태가 드러난다
저들은 선전포고도 없다

집 안 구석구석이 매복지
뭉쳐야 산다는 신념 같다

소리 없는 잠식
겹겹이 내려앉는
포개질 때마다 전쟁 잔해들처럼

창틀에 숨은 먼지를 검지로 슬쩍 밀어본다
손가락 지문을 삼켜버린 날벌레들
창문 열고, 후우 입바람으로 날려 보낸다
홀씨처럼 멀리멀리 날아간다

가볍고 더 가벼운 것들은
끈질기게도 주변을 빙빙 돌다 몰래 내려앉는다

〉

보이거나 보이지 않는 먼지에 완전 포위당했다
휴전 없는 먼지와의 전쟁,
언제까지나 진행 중

술빛처럼 탁한 날

말소리 나지막한 말복이 아버지
목구멍으로 막걸리 잘 넘긴 날
生은 불 지피지 못한 덤불
동네 골목골목에 불심지 당겼다

목청 터지도록 뽕짝 부르는 말복이 아버지
골목 대문들 듣고도 못 들은 척
대답 없는 질문이 동네 어귀부터 생겨나
마을은 모두 말복이네 집이었다

어느 날 갑자기 말복이 아버지
어두컴컴해지는 골목에서 휘청거리다가
뉘엿뉘엿 지는 해를 따라갔다
오줌발 받아주던 낡은 전봇대만 남았다

수억 빚진 마누라가 남편 잡아먹었다느니,
몇 번 사업 실패한 아들 탓이라느니
골목 소문이란 소문 다 품은 나팔꽃만이
전봇대를 위태위태 감아 올라가고 있었다

〉

미쳐갔던 모자는
매미가 유난히 울어대던 말복 날
방 안에 끌어들인 LPG 가스통을 터트렸다

한날한시에 아버지 따라간 모자
말복이네 말 못 할 사연만큼
소문 무성한 마을 향해 귀 여는 나팔꽃

마을 공기가 탁해진 날에는
전봇대 변압기에서 웅웅 짐승 우는 소리가 났다

장기臟器 삽니다

공원 재래식 화장실에 쪼그리고 앉아
벽면에 적힌 낙서들 훑어보는데
장기매매가 눈에 들어왔다

내 몸뚱어리 판다면 얼마나 할까

한 곳으로 몰입은 되지 않고
자꾸만 떠오르는 몸값

흐리멍덩한 눈알에 소화불량 위장
겁 없이 커져 버린 간
제대로 배설해 내지 못하는 대장

요목조목 따지다 보니
괄약근 힘조차 늘어져 버려
그만 수련을 중단하고
삐거덕거리는 문 박차고 나왔다

눈앞에 적혀있던 전화번호가 아른거리고
길기리 낯선 목소리들은

내 장기를 흥정하는 것 같고
여기저기 내 몸 훑어 내려가는 거리의 암거래 얼굴들

사후 장기기증 신청하고 왔다는 형부에게
기증할 만한 장기가 있냐고 너스레를 부렸는데
성한 곳 하나 건질 게 없는 내 몸뚱어리

이참에 싱싱한 남정네 것, 몰래 하나 바꿔 끼워 볼까

석류보다 칡

분명, 큰 병에 걸린 게 맞다

십여 일째 이어지는 불면
가슴에 불덩이가 이는 거 보면

몽롱해진 정신 데리고 찾아간 병원
나는 심각한데 의사는 대수롭지 않게
꽃잎 닫히는 증세라고
30분 기다림 3분도 걸리지 않는 처방

의사는 대뜸
더는 꽃피울 일 없어도 되죠?
대머리 의사의 건조한 질문에
얼결에 필요 없다는 내 당황한 답변

갱년기에는 칡이 석류보다 몇 배나 좋다기에
쭈뼛쭈뼛 찾아 들어간 건강원
바깥어른 숙취 해소뿐만 아니라
하루 한 포씩 드시게 하면 효과 볼 것이라며
능글 미소와 함께 칡즙을 내미는 주인

내가 먹을 거라는 말은 입안에서만 맴돌 뿐

칡즙 한 박스 끌어안고 건강원 문 나서는데
사모님, 석류즙 맛 좀 보고 가세요
빨간 알이 터질 것 같은 석류즙 봉지 코앞에 내미는데
끊긴 달거리라도 보는 듯 발그스름해지는 뺨

뜨겁던 한 시절이 등줄기로 빠져나간다

둥지

나무 움푹한 곳을 여자가 들여다본다

깃털에 놓여있는 두 개의 알
어미 새는 어디에 갔을까
입구에 날벌레 잡아먹던 거미조차
빈집만 두고 어디에서 곤히 주무시고 계시나

저 새알은 햇빛이든 달빛이든
온기가 될 만한 것을 끌어당겨야 할 시간
빨리 어미의 따뜻한 품에 안겨야 할 텐데
먹이 찾으러 간 시간이 길다

둥지를 향해 나직이 자장가를 흥얼거리는 여자
여자의 입김이 알 속으로 스며들기나 할까

어미 새는 숨어서 지켜봐도 돌아오지 않고
여자의 마음은 오랜 줄탁의 시간이다

지나가는 바람에 흔들리는 이파리들
깃털이 슬쩍 자리를 옮긴다

어미 새 날갯짓도 조만간 돌아오겠지

얼마나 더 오랜 시간이 지나야 둥지가 태동할까

도루묵

장날 찾아다니며 양말 장사하다가
십년공부 끝에 교사가 된 삼촌
가족들 만류에도 사표 쓰고, 양말 장수로 돌아왔다

당신이 흘러온 길을 두고
도루묵에 비유하지 말라던 삼촌
그런데 도루묵은 절대 먹지 않았다

곰곰이 도루묵 들여다보면
어물전 좌판은 유배지나 다름없다

피난길, 선조 입맛 사로잡았다기에
다시 밥상에 올린 은어
입맛 바뀐 나라님 탓에 다시 도루묵이 된 생선

한때 은어로 불린 터라
비늘만큼은 은빛으로 반짝인다

은비늘 너머 감춘 살점, 도루묵이면 어때
도루묵이 도로 아비타불 되면 또 어때

〉
묵으로 돌아가는 길은 언제나
브레이크 없는 너의 변심이 서러울 뿐

과연, 삼촌의 변심은 은어일까 묵일까

詩공간 발자취

■ 詩공간 발자취

2018년

03.07 《시공간》 첫 모임, 첫 출발
- 김종태 박용연 이복희 모현숙

04.09 4월 합평회
- 김종태 박용연 이복희 모현숙

05.21 5월 합평회
신입회원 가입 : 서정랑

05.22 시공간 밴드 개설

05.27 이복희 '2018 상화문학제 백일장' 입선
- 대구광역시수성문화원

06.20 6월 합평회
- 김종태 박용연 이복희 모현숙 서정랑

07.09 7월 합평회
- 김종태 박용연 이복희 모현숙 서정랑

08.13 8월 합평회
- 김종태 박용연 이복희 모현숙 서정랑

09.01 이복희 '제8회 고모령 孝 예술제 孝 문예작품'
공모전 최우수상. 주관 : 대구문인협회

09.03 시공간 다음 카페 개설 cafe.daum.net/poem-space

09.10 9월 합평회
- 김종태 박용연 이복희 모현숙 서정랑

10.15 10월 합평회
- 김종태 박용연 이복희 모현숙 서정랑

11.08 11월 합평회
- 김종태 박용연 이복희 모현숙 서정랑

11.23 이복희 '제31회 매일 한글글짓기 경북 공모전'
차상. 주관 : 매일신문사

12.01 12월 합평회
- 김종태 박용연 이복희 모현숙 서정랑

12.19 대구시협 송년문학제 참석
- 김종태 박용연 모현숙

12.27 2018 송년회
- 김종태 박용연 이복희 모현숙 서정랑

2019년

01.14 시공간 회칙 수립, 2019 연간 추진 계획 수립
1월 합평회
- 김종태 박용연 이복희 모현숙

02.19 2월 합평회
- 김종태 박용연 이복희 모현숙 서정랑

03.18 3월 합평회
- 김종태 박용연 이복희 모현숙 서정랑

03.18 '대구신문 오피니언 좋은 시를 찾아서'
- 이복희 회원의 시 발표, 5회 발표

03.22 '대구신문 오피니언 좋은 시를 찾아서'
- 모현숙 회원의 시 발표, 5회 발표

04.15 4월 합평회
- 김종태 박용연 이복희 모현숙 서정랑
- 오상직 시인 초대

05.13 시공간 동인지 창간호 발간 협의
5월 합평회
- 김종태 박용연 이복희 모현숙 서정랑
- 이해리 시인 초내

06.17 시공간 동인지 창간호 작품 준비
6월 합평회
- 김종태 박용연 이복희 모현숙 서정랑

07.15 시공간 동인지 창간호 원고 모음 및 편집
- 김종태 박용연 이복희 모현숙 서정랑

07.31 시공간 동인지 발간 원고 교정
- 김종태 박용연 이복희 모현숙 서정랑

08.30. ≪시공간≫ 동인지 창간호 출판 기념회
- 김종태 박용연 이복희 모현숙 서정랑
- 내빈 : 박방희(대구문협회장), 장호병(한국수필가협회 이사장), 주설자(문장작가회장). 박언숙(대구시협사무국장), 방종현(대구문협 이사)

09.01. 제6회 대구시민과 함께하는 가을음악회 시낭송
- 이복희

09.02. ≪시공간≫ 동인 창간호 『바람집을 썰다』 출판기념회 신문기사 (매일신문)

09.07. ≪시공간≫ 창간호 발간 후 평가 반성회
- 김종태 박용연 이복희 모현숙 서정랑

10.29. 10월 합평회
- 김종태 박용연 이복희 모현숙 서정랑
- 초대 : 노정희 수필가

10.31. 詩로 지은 집 '詩공간' 신문 기사 (시니어매일)

11.02. ≪시공간≫ 문학기행 '단풍에 물들다'
- 김종태 박용연 이복희 모현숙 서정랑
- 아동문학가 '권정생 선생님 살던 집'(안동 일직면) 외
- 신입회원 2명 가입 협의

11.19. 11월 합평회 및 신입회원 환영회
- 김종태 박용연 이복희 모현숙 서정랑
- 신입회원 . 박소언, 송원배

11.22. 대구매일신문사 주최 제32회 한글글짓기 장원
- 이복희
12.02. 대구문화재단 생활문화활성화지원사업 생동지기 가입 등록 (영역:문학 동아리)
12.05. 영축문학 창간호 신작 발표
- 이복희
12.18. 12월 합평회 및 ≪시공간≫ 송년회
- 김종태 박용연 이복희 모현숙 서정랑 박소연 송원배

2020년

01.13. ≪시공간≫ 신년교례회 및 정기총회
- 김종태 박용연 모현숙 서정랑 박소연 송원배
- ≪시공간≫ 연중계획 수립
- 코로나19로 인한 사회적 거리 두기로 인하여 ≪시공간≫ 정기합평 취소(2월~4월)

02.17. 계간 《시에》 봄호(통권57호) 신작 발표
- 이복희

03.25. 신작 발표 (김포신문 '시감상' 코너)
- 모현숙

04.05. '샤갈의 마을 및 야생화 전시회' 방문 및 반곡지 봄 나들이
- 김종태 박용연 모현숙 송원배

05.04. 5월 합평회
- 김종태 박용연 이복희 모현숙 서정랑 박소연 송원배

05.08. 대구문인들이 바라 본 '2020년 대구의 봄' TBC 뉴스
- 김종태 모현숙

06.15. 김종태, 박용연, 모현숙 회원의 대구시인협회 코로나19 대구 시인의 기록 〈아침이 오면 불빛은 어디로 가는 걸까〉 신작 발표
06.22. 6월 합평회

- 김종태 박용연 이복희 모현숙 서정랑 박소연 송원배
- 초대 : 박방희(대구문협회장)

07.02. 시화전 '시와 그림이 있는 풍경전' 참여 신문기사
(대구일보, 주관 : 달성문화재단)
- 모현숙

07. ≪문장≫ 2020 여름호에 신작 발표
- 김종태 모현숙

07.24. 7월 합평회 및 ≪시공간≫ 동인지 2집 출간 협의
- 김종태 박용연 이복희 모현숙 서정랑 박소연 송원배

08.14. 영남문학인 대표작품선집 신작 발표
- 이복희

07.24.~08.16. ≪시공간≫ 동인지 2집 발간 온라인 편집 회의 및 1차 교정
- 김종태 박용연 이복희 모현숙 서정랑 박소연 송원배

08.17. ≪시공간≫ 동인지 2집 발간 편집 회의 및 2차 교정
- 김종태 박용연 이복희 모현숙 서정랑 박소연 송원배

08.17.~08.27. ≪시공간≫ 동인지 2집 발간 온라인 편집 회의 및 3차 교정
- 김종태 박용연 이복희 모현숙 서정랑 박소연 송원배

08.28. ≪시공간≫ 동인지 2집 발간 편집 회의 및 4차 교정
- 이복희, 모현숙

09.01. 강원도《요선문학》작품 발표 및 제12회 사재강문화제 시화전 참여
- 김종태 이복희 박소연 모현숙

09.11. ≪시공간≫ 동인지 2집『가을전어와 춤추다』출판기념회
- 김종태 박용연 이복희 모현숙 서정랑 박소연 송원배
- 내빈 : 윤일현(대구시인협회장), 장호병(한국수필가협회 이사장), 노정희(수필가), 박상봉(시인), 김재웅(사진작가)

09.11. <뉴스프리존> 시공간 동인지『가을전어와 춤추다』출판, 가

을 시로 물들이다

09.13. <오마이뉴스 기사> 시공간 동인지 『가을전어와 춤추다』 출판, 가을 시로 물들이다

09.13. <대구일보 기사> 문학단체 '시공간' 두 번째 동인지 발간, 출판기념회 가져

09.14. <시니어매일 기사> 가을에 먹는 시, 시공간 동인지 『가을전어와 춤추다』 출간

09.19. 〈시공간〉 동인지 2집 『가을전어와 춤추다』 출판기념회 후 평가 반성회

- 김종태 박용연 이복희 모현숙 서정랑 박소연 송원배

11.07. 〈시공간〉 문학기행 '문학과 바다를 품다'

- 김종태 박용연 이복희 모현숙 서정랑 박소연 송원배
- 경주 〈동리목월문학관〉/ 석굴암 / 감포바다

11. 서정랑 회원의 ≪문장≫ 가을호 신인상으로 등단(시)

11.07. 박용연, 모현숙 회원의 대구펜문학 20호 신작 발표-

11.07. 박용연, 모현숙 회원의 데구펜의 코로나19에 대한 기록 '암흑 뒤 동트는 저쪽' 작품 발표

11. 코로나19의 3차 대유행으로 5인 이상 모임 금지로 인하여 합평모임 무기한 연기

11.27. 모현숙 회원의 전남 해남문학(44호)에 신작(2편) 발표
박용연 회원의 '문장' 2020 겨울호(제55호]에 신작 발표

12.20. 김종태,박용연,모현숙 회원의 〈대구시인협회〉 연간작품집 '대구의 시' 작품 발표

2021년

01.02. 〈시공간〉 회장단 교체
회장:박용연, 사무국장:모현숙, 총무:서정랑

01.05. 송원배 회원의 매일신문 2021년 경제칼럼 연재 확정

01.15. 〈시공간〉 1월 신작 온라인 합평

02.02. 송원배 회원의 매일신문 〈경제칼럼〉 부탁이다! 집값 올리는 부동산 대책 내지 마라

02.26. 대구문인협회 카페에 〈시공간〉코너 개설

03.01. 회장단 이임식(1대) 및 취임식(2대)

03.01. 박용연 회원의 〈대구문인협회〉 '대구문학 3월호' 신작 발표

03.01. 모현숙 회원의 조선문학 3월호에 신작 발표

03.02. 송원배 회원의 대일신문 〈경제칼럼〉 성공할 수 있는 부동산 대책은 없나?

03.15.~03.16. 〈시공간〉 3월 온라인 합평

05.15. 박용연 회원의 '문장' 2021 봄호(제56호]에 신작 발표

03.30. 송원배 회원의 매일신문 〈경제칼럼〉 정치는 부동산에 관여치 말라

04.~12. 모현숙 회원의 달성문화재단 주관 〈시, 그림에 물들다〉 시화전 참여

04.19.~04.23. 〈시공간〉 4월 온라인 합평

04.26. 〈시공간〉 4월 정기모임
-김종태 박용연 송원배 이복희 서정랑 박소연 모현숙

04.27. 송원배 회원의 매일신문 경제칼럼 <당신은 어디에 사십니까?

05.15.~05.21. 〈시공간〉 5월 온라인 합평

05.16. 〈시공간〉 번개-김종태,박용연,송원배,서정랑,모현숙

05.29. 〈시공간〉 봄 문학기행 <초토(焦土)의 시를 찾아서-구상문학관> 탐방 및

05. 박상봉 신입회원 가입-김종태 박용연 박상봉 송원배 이복희 서정랑 박소연 모현숙

05.31.~06.04. 모현숙 회원의 대구펜 글.그림전 전시회 참가

06.01.~06.07. 이복희 회원의 제24회 구미사우회 회원전 참가

06.09.~06.17. 〈시공산〉 6월 온라인 합평

06. 이복희 회원의 〈한국산문〉 이 달의 수필읽기(다시, 신혼)에 선정

06. 14. 박상봉 회원의 계간 시전문지 《사이펀》 여름호(21호)에 신작시 3편 발표

06.18. 〈시공간〉 6월 정기모임
김종태 박용연 박상봉 송원배 이복희 서정랑 박소연 모현숙

06.20. 서정랑 회원의 시공간 상징 로고 디자인 결정 (디자인:서정랑 회원 아들의 도움)

06.21. 모현숙 회원의 〈대구신문〉 오피니언 '좋은 시를 찾아서' 작품 발표

06.22. 송원배 회원의 〈매일신문 경제칼럼〉 서울 부자들을 위한 부동산 감세 정책에 반대한다

06.30. 모현숙 회원의 〈시인부락〉 여름호 〈이 계절의 시인들〉 신작 발표

07.05. 이복희 회원 친정부친 별세 (김천 문상)

07.10. 김종태 회원 장녀 결혼(서울-코로나로 인해 화환만 먼저 보냄)

07.15. 박상봉 회원의 〈경북도민일보〉 / 〈경북문화신문〉 / 〈경북문화신문〉 신간 시집, 『불탄 나무의 속삭임』 출간 기사

07.18. 박상봉 회원의 〈전자신문〉 신간 시집 『불탄 나무의 속삭임』 출간 기사

07.20. 송원배 회원의 <매일신문 경제칼럼> 잘못된 부동산 정책을 폐기할 수 있는 용기

07.20. 송원배 회원의 〈문장〉 여름호 신인상으로 등단

07.20. 김종태, 이복희, 박소연 회원의 〈문장〉 여름호에 작품 발표

07.21. 박상봉 회원의 〈영남일보〉 신간 시집 『불탄 나무의 속삭임』 출간 기사

07.21.~07.22. 〈시공간〉 7월 온라인 합평 (전체)

07.23. 박상봉 회원의 MBC 대구방송 라디오 <시인의 저녁> 프로그램에 출연

07.23.　〈시공간〉 7월 정기모임

-김종태 박용연 송원배 서정랑 박소연 모현숙

07.23. 박상봉 회원의 <매일신문> 책CHECK 『불탄 나무의 속삭임』 소개

08.02　박소연 회원의 〈팔거백일장 운문부문 우수상〉 당선

08.15.　박상봉 회원의 『불탄 나무의 속삭임』 초판 2쇄

08.23.　〈시공간〉 동인지 3집 원고 제출 마감 (시 9편씩)

08.27.　〈시공간〉 번개 (김종태 박용연 박상봉 이복희 박소연 모현숙)

08.27.　〈시공간〉 동인지 3집 발간을 위한 1차 편집회의 (전체)

08.27.　봄핀 박상봉 시인의 시집출판 기념회 (전체)

08.27.　송원배 회원의 《문장》지 신인상 등단 기념회 (전체)

09.01.　〈시공간〉 동인지 3집 발간을 위한 2차 편집회의

09.02　이복희 회원 대구신문 '좋은 시를 찾아서' 작품 발표

09.03　모현숙 회원 대구신문 '좋은 시를 찾아서' 작품 발표

09.03.　〈시공간〉 동인지 수록 원고 마무리하기

09.09.　〈시공간〉 동인지 3집 발간을 위한 온라인 편집회의

09.11.　이복희 회원 차녀 결혼 (서울-코로나로 인해 화환만 먼저 보냄)

09.13.　〈시공간〉 동인지 3집 발간을 위한 최종 교정 및 확인 작업

09.24.　〈시공간〉 동인지 3집 〈스타다방〉 시집 인쇄

09.27.　〈시공간〉 동인지 3집 〈스타다방〉 시집 발행

10.01.　〈시공간〉 동인지 출판기념 예정